ESSENZEN
Michael Stoll

ESSENZEN

Dichtungen von

Michael Stoll

© 2023 Michael Stoll

Verlagslabel: **MERGATVERLAG**
SusoHaus, SusoGasse 10 88662 Überlingen, info@mergatverlag.de

Foto: Wolfgang Schmidt, Tübingen

ISBN Softcover: 978-3-347-77729-3
ISBN Hardcover: 978-3-347-77730-9
ISBN E-Book: 978-3-347-77731-6

Druck und Distribution im Auftrag des Autors:
tredition GmbH, Halenreie 40-44, 22359 Hamburg, Germany

Inhalt:

Vorwort

Sie halten den 7. Jahresband der ESSENZEN in den Händen.

Überwiegend chronologisch angeordnet spiegeln sie meine dichterische
Arbeit im Laufe eines Jahres wieder und sind eng mit den konkreten Kon-
texten verbunden in und mit denen ich lebe, ebenso und vor Allem den
Meditationen, Gesprächen und Begegnungen, die sich in und mit der Arbeit
des SusoHaus Überlingen und dem Lebenskloster in Worndorf ergeben
und entwickelt haben.

Michael Stoll, Worndorf im Frühjahr 2023

michael.stoll@derwortraum.de

Raum

Großer Raum
woraus das
Alles-ist-möglich

in mir
mit mir
und um mich…

An der Grenze
Haltung
ent-scheidet
sich Alles

Der schwingende
Aufgang -
eine Erlösung
Unser!

Die Alles-Essenz, das wunderliche Vermögen, dass Etwas — wie aus dem Nichts — ersteht und heilt und die Welt zu einer anderen schafft… falls es diese Möglichkeit geben sollte, so sicher nicht im vorfindlichen Kieselspiel der Straße, in der Türmerei des Vorliegenden. Nein! Tief im Lauschen, weit im Erhören und still in der Achtsamkeit geborgen, verborgen ist da die große unerfassliche Weite des Möglichen, aus der Alles entstanden ist und darin und wieder vergeht. Nach den Wegen der Reinigung einseitigen Wollens und Formens und Lüsterns, vereinseitigten Vor-Lieben und vertänzelten Gelegenheiten, den Wegen *purgativa* und leicht anwehenen *illuminativa*, die Dir sacht das Weitere weisen, ist da dann der Durchbruch *Unitas*, der All-Möglichkeit die zum großen Schweigen öffnet und ihrer Haltung Vor-Sicht und Zartheit und dass dann-da-Tat-ist, die hilft und liebt und weiter-uns-trägt!

Sehnsuchtsort

Du

leer' Gefäß
von Freude
erfüllt

angekommen
im
Nie-Ankommen

in Einem

ruhst
und
anziehend
und
liebend

beweg(s)t.

Was wollte ich wirklich? Wo zieht es
mich hin? Was zeichnet den Ort meiner
Sehnsuche aus? Was soll ich tun, jetzt,
mit diesem innersten Wunsch, dass Alles einfach und sinnfällig mir ist und
wird? Da kommt die aufrechte und kla-
re Gestalt Haltung und Grenze mir entgegen, und an ihrer schlanken Seite die
Quelle Freude, fließend und geschmei-
dig und voll-der-immerwährenden Fri-
sche. Die beiden erzählen nicht mehr,
als dass sie in ihrem Sosein und in ihrer
naturgegebenen Einheit sich zu mir ge-
sellen und innerste Gefährten mir werden. Sie zeigen mir den Weg hin zum
WeltInnenraum, so groß und wunder-
schön; und sie weisen mir zugleich den
Weg verdichtender Gestaltung- Welt,
mit anderen Seelen an der Einheit-von-
atmender-Natur-und-Erde-und-Mensch
-und-Schöpfung zu bauen… zu erlesen
die Zeit, die morgendämmernd kommen mag!

Hier — an diesem Ort, so erzählen mir
viele, ist dein Ort! Jetzt — an dieser
möglichen Wendung deines Geschicks
entscheidet sich Alles! Die Sirenen ver-
äußerter Ablenkung werden schwä-
cher. Mein Herz zieht mich dorthin, wo
konkrete Aufgabe ist — und das großes
Herz wartet…

Vertiefung

Was Du
scheinbar
siehst

wird
von Mal zu Mal

wirkliches Sehen
in der Einheit
Wahrheit
Sein

An diesem Samstagnachmittag… in das Münster gehen… vor dem Altar verweilen… hin neben der Orgel auf dem Gitter über dem Gebläse der Heizung meditieren… dann auf der Gasse — da läuft Dir klagend eine Katze entgegen… Du lässt sie ins Haus … nach dem Füttern auf dem blauen Sessel schnurrt sie behaglich… gegenüber lese aus der Wiederholung von Kierkegaard…

Dichte, Fülle, erlaubst Du fühlendes Verweilen, Empfinden des Entgegenkommenden, wie das-rösche-Blatt-im-Wind-sein in die Lang-Weile wehen und still werden, und bloß da-sein und Wunder einheitsgetragenen Immergleich zu erfahren, und all-das von Moment zu Moment und stetig vertiefend seine reduzierende Hülle fallen lässt — so wirklicher um wirklicher werdend!

Die Überbrückung

Aus der

Nacht

die

Leiter

im Gesang

des Vogels

des Morgens

empor.

Was immer mir gegenüber aufscheint, mich zur Aufmerkung fordert, sucht Vertiefendes, Wesenhaftes in und mit mir. Was auch immer ich zum wiederholten Maße zu erfahren scheine, sucht den Ausweg des Instrumentes aus formaler Bestimmtheit — es sucht seine Tönung. Und im Gewebe unendlicher Vielschicht von Klang — Musik wende ich mich in resonanter Fühligkeit dem seelig zu schaffenden Instrument Welt zu, erkenne in vertiefender Erfüllung konkreter Auf-Gabe, in gegebener Zeit, Ort und Situation — mein Lot und seine ewig schwingende Aufgabe zu sein...

Deutung

Im
Deutungssaum
des
Möglichen

schwingt
dein Herz
und leuchtet
die Nacht

Da bin ich hier, an diesem Ort. Da bleibe ich und erwarte den Impuls, aus freiem en Hören mein Körper, mein Instrument zu bewegen. Die Bewegung ist geboren aus Räumen umfassend harmonischen Klanggewebes und hingebender Deutung heilsamer Entwicklung. Sie allein nährt das Feuer des Aufgangs — Leben durch alle Verdichtung und Tod hindurch.

Aus dem Grund

Ohne

Ent-wurf

und

sein

Wann hört es je auf? Wann ist der Punkt erreicht, an dem mein Wissen mir nicht wieder um wieder schwindet, mir aus den Händen gleitet und ich nackt und leer und arm dastehe? Wann beginne ich meine Errungenschaften kapitalkräftig und gewiss anzulegen, wie der Stein auf Stein…?

Immer wieder bist Du nackt und leer und einfach da und lässt und lässt und lässt…. wie verloren Treibholz am Ufer rollst wellenhörig vor und zurück, bis wieder um wieder die Flut kommt und dich trägt, hochträgt. So bleibt dein Vertrauen, du schließlich allein der Sinn selbst bist, der dein Wissen dir vortrug, dass du zusehends und wandelkräftig mit jedem Stammeln und Sagen und Bewegen einst der sein wirst, der Du immer warst.

Hingabe

Du

bist

der

Du

bist

im Vollzug

all

der

Bewegung

Vergraben all die sinnlosen Gedankensplitter, entsorgen all-das-Ungetane, verhumusen veraltete Welt. Und dann eines Morgens — erweckt, geweckt mit erstem Sonnenstrahl ist da dein Keimendes, einfach Seiendes. Und jede Bewegung folgt weiter der in Wirksamkeit gefassten Linienspur ins lichte Sein. Wer sieht, wer hört dich nun? Alles zu Allem — Du bist der Verstandene, denn Du stehst da inmitten einfachen Sosein, welches Du mit all der Welt und tief verbunden bist. Ein Ideal und das Einzige, welches wirklich bleibt.

Tanz

Jede

Bewegung

aus

dem

Zollstock

deiner

Herkunft

Frei!

Der grüne Sprung ins Offene. Das Bündel geschnürt und Adieu gesagt. Der Heimwerkerei ein Ende. Kein Anderes, das dein Land nicht liebte; dein Land, das Du bist und Du und Du und Du…

Die Arme bleiben geöffnet, bis die Engel singen, auf der Bahn ihrer Mitte Dir zu!

Auf halben Wege des Sprechens, des Andeutens und Vermeinens nicht ständig bleiben. Und weiter voran, geheiligtem Wahrwort unser.

Da wo nichts verblieb…

Wie zur Handlung?

Im vertieften

Wechsel

deines Atems

deines Ausatmens

das Ereignis!

Es ist nicht so einfach. Wie soll ich handeln bei all den einströmenden Kräften, Bildern und Sensationen? Ich will nicht den simplen Reflexen und Mechanismen folgen.

Was bleibt, als zu erwarten, geduldig zu werden, um im gelasseneren Verhältnis wieder um wieder erneut einer Wirksamkeit sich zu öffnen, die wirklich Dich meint.

Im Zusammenklang

Wer bist Du?

Wie klingst Du?

Mit der Zeichenspur

erwächst das Symbol

Welt-Ich-Schönheit

Empor!

Da ist die Ent-Sprechung,
dort das goldene Kalb der
Erkenntnis. Werde mond-
scheinsüchtig, sieh` den
Verklärten am Wegsteig
und gehe weiter! Glaube
nicht den Gewissheiten,
sondern höre, lausche,
erhöre das witternde JA
rings-um-dich-herum.
Und wenn es einsam wird,
so schmecke den Wind
des Allverbundenen, der
auch diese Wüstenstrecke
Dir zum Weiter-um-weiter
verhilft. Am Ende fällt Alles zum Einen —Ton, der
dich wahrlich heim-trägt.

Sphärisches Sein

Dein Aufbruch
und Honig fließt

unsäglich

ungesagt

Wir sorgen für die Harmonie.
Dein inwendiges Streben er-
lischt an den Grenzen unserer
Zugeneigtheit. Wir werden
heiter im Ertasten des Raumes unser und unser und unser…
Du hebst deinen Kopf und
dein erheitertes Angesicht
leuchtet der Immerjugend
zu , die in erlösender Auffin-
dung des Übersteigenden,
was Liebe heißt — zu finden
war.

Schönheit eines Gesprächs

Was kaum

zu tragen

war

klingt

über

die

Ränder.

Dein Raum ist mein Raum. Mein Raum ist dein Raum. Wir sind im gemeinsamen Gespräch. Welches Wort besetzt den Raum? Ist es das Zukunftswort, wo die Sehnsuchtsgefiederten ihren Möglichkeitsraum erfühlen? Ist es der Raum persönlicher Verortung, wo Du die Heilung der Versammelten erfährst? Oder singen wir uns stammelnd ein Lied zu, bewegen einen Tanz, der das Verbindende kreuzt und wider um wieder uns alle und gemeinsam auf wundersame Weise zu erheben vermag?

BlicksGestalten

In der Wahrnahme

erneuerten

Blicks

deine

Freiheit

handelt

Besteht nicht der einzig mögliche Friede darin, dass ich in jedem Moment meines Hierseins erneut und aus all meiner gelassenen Tiefe die Ordnung und die Struktur des je Wahrgenommenen aus dem jeweiligen Raum und seiner Zeit und gegebenen Situation immer wieder um wieder erneut deute? Und ist es nicht allein so möglich, dass aus dieser meiner jetzigen Deutung, aus der die Vorstellung hier und jetzt und da entsteht, ein umfassendes Handeln möglich wird, welches der Not   all-lichthaften Aufgangs genügt? Ob dieses Handeln je ein Sprechen, eine zarte Geste   oder zupackende Hände benötigt — dies entscheidest allein Du.

HeimatLos

Im
Zentrum
all-der-Bewegtheit,
die immer war

Sein.

Heimat — verlorenes Wort unter Flüchtlin-
gen, die wir alle sind. Was bleibt? Was be-
währt? Was umhüllt? Was stärkt?

Im Zerfall der Sicherheiten, Abgesichert-
heiten; im diffusen Mitfühlen von Uner-
träglichem — wo ist da das Gleichgewicht,
welches meinen Blick geöffnet, und kon-
kretes Handeln möglich sein lässt?

Gelingt der Sprung in ein Absolutes; ist es
möglich, die Quelle überall befindlichen
Lebens maßgeblich und dauernd in mir
zu erfahren und damit dem Chaos aus
Zerstörung, Auf -und Niedergang einen
überwältigenden Ton zu spenden?

Werde demütig, erfühle und vertiefe die
Balance zwischen der Erkenntnis der Ebe-
ne des konkret Dir erscheinenden Wissens
und deiner Haltung Offenheit.

In solch` musikalisch gestimmten Raum
fließt die Quelle, welche Du auf ewig bist
und sein wirst.

Woraus?

Ohne

Anfang und

Ende

durch und durch

Klingender

Sein.

Im fallenden Tropfen, dem Gesang der Amseln im Frühlingsgarten, dem Rauschen ziehenden Verkehrs — und dein Atem. Im Summen der Nachricht, dem Rufen der Hilfen, der Vergeblichkeit eines Gesprächs — dein Puls. Es bleibt der Anruf, der Aufruf in schwingende Resonanz und Wiederklingen zu kommen — dein Körper, dein Instrument. Die Hoffnung ist da — einjeder Bewegung und einjedem Klingen seine abgesonderte Hochstapelei und Eigenweltlichkeit zu nehmen, die einfache Geste zu hören und zu suchen, dass wir uns öffnen dem Wunder, welches wir und Dir so immer sind.

Gemeinschaft

Wessen

Du

bedarfst

Offener

Raum -

Antwort

die

Du

erfährst

Um mich zu verteidigen,
meine Schwäche zu über-
brücken, meine Feigheit
zu verbergen verhärtet
sich mein Verstand, lage-
re ich meine Mechanis-
men ein und verbrüdere
mich mit Halbwissen und
verschwommener Gesin-
nungsgenossenschaft.

Wir sind uns anverwandt.
Da bist Du, da bin Ich —
und was zwischen Uns
sich ereignet, wird zum
gemeinsamen Land und
mehr um mehr...

Aufrecht

Am

Aschen-

Morgen

der

Auf-

Stand -

leise

still

wachsam

An diesem Morgen das Letztgültige. Alle Worte vernommen, alle Wurzeln gepflügt, alle Sorglosigkeit abgetan.

Vor das Haus treten und losgehen, bis das Außerhäusige zum inwendig Eigenem geworden ist.

Dann stehst Du da, handbehütet — und all-des-Weges sind Dir Begleitende auf dem Weg; allein der drehenden Kugel wachsam.

Haltung

Dein
Blick
aus Mitten

Tun
ins erweiternde
Feld

Ring
    um
        Ring

Das Handwerk errun-
gen. Die Geister er-
schworen. Fruchtbar
ins offene Feld .

Zuletzt die Auf-gabe
deines   Altvorderen:
Im   Schweigen,   im
Lauschen, im folgen-
den Handeln aus ge-
gebener Neuheit.

Der wache Blick im
Nu: Nimmermüde
Welt im reinen Mut.

Inleiden

Plasmatisch
gefügt —
der vermittete
Mensch

All-Sage
All-Antwort

vereint

Wie verhalte ich mich all den bewegenden Kräften in und außer mir —? Welchen Vorstellungen folge ich? Wo lasse ich meinen Impuls ruhen? Wie schreite ich auf meinem Lebensweg mit grau-fallenden Haaren?

Provokativ ruhe ich. Provokativ schweige ich — bis zu jenem Sonnenstrahl, der mich als vollkommene Monade fordert zu sein, da-zu-sein.
Meine verwurzelt — verbundene Bewegung ist kosmisch, ist ganz. Keine Entschuldigung mehr, ich trage gegebenes Wort ent-sprechend.

Unbedingt

Geh

von

der

höchsten

Idee

aus!

Die Geschichte der bröckelnden Fassade erzählt Dir den Lauf einjeglicher Festigkeit. Dein Absprung ist das Fließende — das Bewusstsein. Den gelenkten Strukturen unserer Raumerweitung — ihnen mangelt am frei geschenkten Impuls aus dem Offenen. Diese Zeit läuft aus. Und das Aufbauende für die große Nacht bleibt eingebettet in die große Hoffnung. Ihr mangelt an gebauter Welt. Ihr Symbol ist der Kelch, der Du, wartend – geduldend und empfangend bist. Auf seinem Grund geschieht die Resonanz eines Höchsten und Ersten.

Spur-en

Am Horizont

das Licht

zieht

auf breiter

Spur

Sind unsere Augen erfüllt von gerade-noch-so einsprechender Erwartung im Gespräch? Fragen wir waag-gestimmt nach unserem Thema, nach der Sinnig-keit des Gegebenen; und sind doch gleichsam getragen von einem fein emp-fundenen, bloßem JA?

Morgen erwache ich, und fühle mein neu besamtes Feld vom nächtlichen Regen erfrischt.
Und eines Andertags keimt unverhofft vollendete Antwort aus gebetteten Feld unseres gemeinsamen Ringens; unlängst wird Frucht — spendent all-für-Alle.

Wir mahl-en gemeinsam. Das Brot unser ist.

Sinn

Form-
vollendet`
Spiel
des
Lebens

Erwacht zur Sinnfrage ist dein Kurs verlassen, auf dem Du-im-Sinn-bist.

Kein Sagen — erst Mal.
Schweigen — Hören, Lauschen, still...

Jetzt ein Schwingen — ruhig, gelassen ins
Bewegte, welches Dich all-mählich trägt.

So bist Du nun gesetzt ins Konkrete; zufällig
gegeben — absolut im Freien!

Wandlung ins Sein

Da

ist

der

Sinn

Empfangen

Finden

Gestalten

InEins

geworden.

Das Sein ist so groß, so weit, so unend-
lich. Und mein Sinn ist konkret und direkt
und hier und da. Mein Sinn ist wie der
Fisch im Meer, wie die Wolke am Himmel,
und wie der Tiger im Sprung.

Und wenn es horizontig, wenn es dann
abendlich oder frühmorgendlich ist — da
sucht der stille Gesang des Vogels dich im
vertieften Lauschen und lässt Dich erah-
nen, dass dein langer Atem und seine Suche nach schwingender Dauer einst all-
die-Bewegtheit in sich vereinen wird —
Du in tiefer Erfülltheit der sich immerfort
Wandelnde geworden bist.

Haltungsgerecht

Im Wandel
der Nacht und
des Tages

Im Schwingen
der Räume
Zwischen

Im Wärme-
Pol
der Erde

Hören
und
Handeln.

Du lebst in unbesorgten und verwahrlosten Räumen und Du bewegst Dich zugleich in lichter Klarheit. Du erlebst, wie Sturmflut und Zerstörung all-das-umher-Vollbrachte vernichtet. Und Du wirst stumm und wortenthaltend und entsetzt der Umgebung. Wie Keimendes, Werdendes in dieser Wüste?

Da gibt es diesen lichten Ort — über jeder Stimme sein heller Ton, außerirdisch, der dich meint, der Du bist. Im Halten ganzen Schweigens wird Fülle des Klangs von-d-ort-aus. Der Verzicht auf getrübte Ein-Mischung bereitet — Haltung Klarheit; und vor aller Erscheinung ziehen Energien ihre gelegte Bahn —- so Sterne gebären sich erneut.

Hin zum EinsSein

Nacht-
blütiger
Jasmin

duftest
mich
an!

Äußere Schönheit und innere Harmonie — Großworte, die zu Einem werden, zusehends mit deiner maßvoll gestimmten Bewegung in versammeltem Aufmerken; all den verhuschten Reflexen entledigt, welche getragen von Angst, Miss-Mut und Langweile!

So verstehst Du und wartest geöffnet, erwartest zuinnerst überfließenden Impuls, der getragen ist aus glückselig erhebender Sättigung Dir zutiefst eingegebener Energien — deiner gefassten Quelle.

Damit meisterst Du den All-Tag; damit bist Du erwachsen genug, um den störrisch-gerechten Widerstand deines verlässlichen Kindes zu erproben — dein nun auferstandenes Willkind wieder um wieder zu sein —.

Gesättigt
   weißt Du
      Alles.

Erwächst dein
braches Nichtwissen
zum dunkel-drohend`
verdrängten Wolkenturm
am Horizont

oder
lädt es
ein
dich zu
öffnen,

über das
Band deiner stupenden
Lang-Weile
lächelnd-heiter,
wieder
   um
      wieder

- und weit
zu springen?

Kreisen des Verstehens

Das EinRichten unserer Existenz geschieht unablässig. Wie die Fließbeweglichkeit des Wassers es uns zeigt, wird jede dargebotene Form erfüllt, überschwemmt oder vernichtet. Gleichgültig bleibt uns nichts wirklich, Wahrgenommenes!

Gelingt es in einen Dialog mit dem durchbrechenden Licht des morgendlichen Grün im Garten unserer Befindlichkeit zu treten; Stehen Du und Ich uns im Verhältnis innerster Einheit und im offen tänzerischem Vermögen unseres Anderssein, im Angesicht zu Angesicht gegenüber — dann erweiten sich die Kreise unseres Erkannten und das Paradoxale, einst Unzuvereinbarendes wird verbunden — über das gemeinsame Erschaffen erweiterten Namens!

Namen

Ich habe Dir
einen Namen

gegeben

hast Du
ihn mir

Im Kern liegt die Freiheit und das Glück
und all die Liebe in der Einheit des Erkennenden mit dem Erkannten. Und auf dem
dialogischem Weg des Erkennenden zu
seinem Erkannten bilden sie im gemeinsam verletzlichen Bezug den schwingenden   Raum — ja die Sphäre all-des-
Lebens.

Und leben die Erkannte und der Erkenner
ihren bewegten Tanz eines Hin und Her —
so öffnen sie erweiternd ihren Reigen
Schicht um Schicht, Schale um Schale,
um unentwegt in solch' Spiel von einzu-
verbindender Welt und Objekt und Ding
hin-ein-zu-sprechen den Namen unendli-
chen Zusammenhangs, der Du und all-ein
wirklich bist.

Heilendes Spiel

Der
Dreh-
Moment

All - des - Lebens

in Dir
in deinem
Herzen

Wie ist der Nach-Name oft ein Beschwernis.
Zum Einen kann er uns erheben wollen, ohne
dass wir erhoben sind — oder er ist mit so vielen
Fallstricken versehen, dass wir ihn ab-
schneiden, ab–scheiden wollen und müssen.
Da wird das Bild vom all-verzweigten Baum ins
Wurzelwerk der Erde und seinem Weitgeöffnet-
sein, dem-Himmel-nahe sehr schwer für`s kon-
kret-alltägliche Leben a m p l i f i z i e r b a r...*

Auf jeden Fall wird mir mit meinem vollen Namen der Verbund persönlichen Auftrags und
seinem nachnamentlich gegebenen Gemein-
schaftsgefüge klar, deutlich und unabweisbar.
Nähen und Fernen, Raum und befreite Spielfer-
tigkeit — mit deiner gegebenen Beweglichkeit
aus dem Drehpunkt innersten Ursprungs wird
schließlich der weiterführend-transzendierende
Name, der EINE erreicht — so Gnade dir der
Gott.

*Das Erdreich und das Wurzelwerk ein Bild für all-die-gegebenen
Herkünfte und das Gezweig als Symbol für das freie Wachstums
des Individuums — seiner Freiheit zu.

RotKehlchen

Sing!
  Sing!
    voll Vertrauen

auf
  deiner
    Hand

da singt es sich
schön!

Allmorgendlich fliegt im Rosenpavillon das Rot-kehlchen auf meine Hand und pickt die von mir weichgekaute Haselnuss. Es ist dann so still und ruhig im Park. Wie wäre es, wenn dies still-vertraute Band zwischen dem Vogel und mir überall bestände, und ich selbst zum rotkehli-gen Sänger werden würde, der all-die-begegnende Welt atmosphärisch wandelte? Ich würde dann offen und wagemutig all-den-gegebenen Handreichungen begegnen, und das mir anvertraut Dialogische zuinnerst ins Offene und kosmisch Ganze hinein-ver-leben!
Bewirkt eine solch` ins Staunen versetzende Öffnen nicht in und mit uns ein vorsichtigeres und achtsameres Tun und Sagen? Und könnten wir dann nicht immer wieder — wie der kleine rote Sänger — uns in Angsterlöstheit erheben und im dunklen Dickicht erholen, um weiter um weiter den poetischen Tanz zu wagen — bis ei-nes lichten Morgens Gesang?

Und einfach

Jetzt

korrigieren

den Fall

der

kommt

ins Himmel-
Reich

Ich bin der Ich bin und immer war.
Da Außen die Zeige und das Fal-
lende. Ich bin der Ich immer war.
Und der Regen und das Strömen.
Ich bin der Ich immer war. Und
das Tönen und das Schwingen
und das Tanzen und das Verhar-
ren. Ich bin der Ich immer war.
Mein Fall in die Tiefe. Mein AufFall
ohne Form des Ich, ohne Zeichen
des Ich, ohne Ablenkung -. Ich bin,
der ich immer war — in Dir und
mit Dir und Uns.

Bescheiden

Der Ruf
Das Echo
Das Nichts

Der Stein
Die Erde
Bloße Kälte

strahlt ins
Licht.

Unsere Sprachspiele in gefährlicher Nähe des Verständigen, des Toten. Unsere Bequemlichkeit, nahe am Wohlstand, dem Falligen. Unsere Ruhe, geprägt durchs Vergessen. Undsoweiterundsoweiter…

Nahrung, wo Nährendes. Vertrauen, wo Trauen; und Mut, wo wir Mutige sind.

Es ist dieser Mut, die Augen vor der Last des Tunnels zu schließen und das Dunkel zu bejahen und das Dunkel zu sein und Begleiter und Begleiterinnen Freude am Aufgang, dem all-dem-Lichtigen zu sein.

Das Ich

Das Höhere

Antworten

Hört.

Vergessen — in der Welt ohne Ausrichtung des Kommenden, des zu Hörenden.

Auswegslos — das Verrennen in das Befehligte, Abgelaufene.

Wo der sich wandelnde Schritt durchs rösche Laub, wo hörst Du den Gesang der Amsel, welcher dich im Herzen bewegt, Du schweigend und erwartungsoffen inne hältst, wieder um wieder?

Hinzu dem Ein-Sinn, — verbunden und geführt übers Hören, Erlauschen all-der-Zwischentöne, die im Prismenspiel gegebener Gegenwart von Raum, Form und Situation sich Dir zeigen.

Und daraus dann dein leises Schwingen, Mitschwingen — hin zum erwagten Schritt ins Freie.

Wer?

Wer
empfängt
und
antwortet
und
wirkl-Ich?

Die Art und Weise des Berührtwer-
dens.

Die Dichte und Stärke der Berührung.

Das Angezogensein von Dir durch alle
Schichten.

Die Tat, die Handlung, die Weise des
In-der-Welt-Seins und die der Räume
ermöglichenden Begegnung.

Bist Du.

Wundern

Jed'
Blütenblatt

Aus-Sage
des
Absoluten

Morgendliches Streifen durch blühende Gärten, und allmählich erwachendes Bewegen aus dichtem Gebüsch. Da ist — tiefe Stille und verbindendes Atmen überall.

Wenn ich Du sage, aus solch` überblicklichem Frieden — sage nur Du. Wenn ich verstehe, aus solcher Andacht und Besonnenheit — da das reine InneSein.

Der Tag fällt — die Nacht kommt. DaSein, Staunen und Wundern; unablässiges Tätigsein und Mitschöpfen. Welch` durchtragendes Gebet!

Quadratur* des Wissens

Der Wirbel
der Lösung
In lot-gestimmten
Augenblicken

Jetzt.

Im Folgenden geht es um den ganzen, den integrierten, den da-mit jeder Faser seines Daseins erkenntnisbefähigten, sich befreienden Menschen:

In jedem Augenblick besteht eine Raum - Zeit - Konstellation, die dich auf unvergleichliche Art und Weise beeindruckt und zu beeindrucken fähig ist.

Eindrücke, Widerständigkeiten, daraus entstehende wirbelnde Rührungen tragen momentan ureigene Antworten, eigen- und einzigartige Erkenntnis von Stufe zu Stufe, Schicht um Schicht—.

Öffnen zu-sehends dem NichtGewissigem und erwarten gleich einem schwingenden Lot den Durchbruch der Übersteigung ins weitere, erweiterte Sein!

Aus   all-dem-Ein-und-Aus-Atmen   augenblicklicher Momente, da innewohnend d-eine ureigene Lehrkraft, die Dir leiblich und geistlich jetzt und ganz und über-zeugend zeugt und zeigt , — entspricht momentan wirksamer Wahrheits-Lehre, allein für dich, in reinem Dialog.

Schließlich wird mit solch` Aufbrauchen an Widerstand, Fremdfahrnis die reine, bewusste Geistigkeit wiedergeboren, die Du und wirklich bist. Und all deine vergangenen Lehrer Gebäude — sind verlassende Falter rührselige Ruinen.

Vom ES zum DU

Blankes

Eis

splirrend

ins

farbbefreite

Licht

Der Blick schweift. Der Atem geht. Von Tag zu Tag und Nacht zu Nacht; Schattenflirren an der Wand und müde Bewegungen.

 Da — Aufmerken, Innehalten; D-ort und Hier — ein wachsam Sein!

Und da nimmt ES Dich, das Lot der momentanen Zeit, mit dem Du dich von Einheit zu Zweiheit und Erhebung führen lässt, es dich zur Führung entlässt. So wunder-bar radikal*.

*lat. radicitus „mit der Wurzel, von Grund aus, gründlich"

Der Wurf

Aus deiner

innersten

Gefasstheit

der

gelockerte

Stand

Im Schwung

des Maßes —

die Mitte

golden.

Du stehst; bist Tänzer deiner Lotung. Heiteres umgibt Dich und doch trägst Du den Ernst des Spiels im Angesicht — dein einziges Spiel.

Sinngelöstes Spiel, freies Spiel. An ihm hast Du deine Willkür und deinen Willen gewogen, an ihm hast Du das Maß der Zeit und des Raumes erprobt.

Nun stehst Du still in dieser Landschaft. Die Mitspieler stehen abseits und blickend. In der Hand wiegst Du deine Kugel und hast das Gegenüber im Blick. So nahe der Mitte strahlt Dir sein Licht entgegen.

Viele Male hast Du den Weg beschritten, warst der von Dir entfernten Lotung mal fern und dann ganz nah, dort wo dein Ziel und dein Weg und dein Beginn und deine Vollendung so ganz in-eins und scheinen.

Du hast lange gewartet, bis die Dich umgebende Landschaft und Gärten in Dir zu blühen fähig waren. Im stillen Leiden, Erleiden deiner Resignationen wandeltest Du von der Besetzung abendlichen Erkennens in den Empfang des Ergänzenden, des Morgendlichen, offen und wie befreit.

Nun bist Du hier, da, dort — gehst in die Knie und lässt dein Rund mit gelassener Bewegung des Armes dem Himmel zu sich geben… und im Bogen seiner Linie senkt sich das Gewicht erwidert dem Ziel seiner Erde zu — und fällt.

Dein anvisiertes Ziel war Dir Weg. Das Erreichen der Mitte, still abseits, sonniglich in all der Willkür unerreichbar — Dir so- mit reines Geschenk.

GelassenSein

Bist

unteilbar

im Ganzen

Ausgehen in das Wahrneh-
mungsfeld des Ganzen. Mit
der Härte des Grundes, ewig
gegebenem Gesetz des Le-
bens das Widerständige erfühlen. Im Erkennen der
Fließmöglichkeit und steck-
spielen-den Erbauen aufste-
hen.

Da - das neue Schöpfen ins
Lichtige hinein!

Wärst Du hier nicht der ge-
lassene Mensch im Tun und
Nichttun zugleich, der Du
auf immer sein willst?

Aus Allem

Gefäß
nur Gefäß
und flieg
fliegen…

Ent-Falter
flieg!

Der Sinn meiner Existenz besteht im Bewegung-schaffen
trotz-und-mit-aller-Wider-
ständigkeit.

Der Sinn der Existenz — der
Sinn von Bewegbarkeit —
transzendental, bereinigt zu-w
-erden, rein-klar in allen Ver-
hältnissen.

Der Sinn unserer Existenz —
im EinSinn, der Stimmigkeit
im Kosmisch-Musikalischen,
EINS zu werden — so durch-
und-durch.

Das ist.

Spiralgewendet

In der
Bindekraft
des Absoluten
— Stehe!

In dem
Drang
nach Außen
—Tanze!

Im Raum
des Ganzen
— Wohne!

Die Blätter fallen bald.
Es bleibt die einfache
Geste nackten Stam-
mes. Ruhig ist es in der
Lichtung; und im Maß
des Gegebenen von
Raum und Zeit und Ort
und Situation bleiben
sodann eigene Regun-
gen sparsam*.

Lieder — von Ton zu
Ton, buchstabieren
den augenblicklichen
Gesang.
Du bist Träger des Le-
bens. umfassend in Bin-
dung, eingebunden und
verant-Wortend Schicht
um Schicht, fließend be-
wegte Transparenz, die
Du bist.

*<u>aus</u> : althochdeutsch „sparēn oder sparōn" = „bewahren, schonen"

EinGehen

All
geht
m-Ich
an

Wahren
des Standortes
Ant-Wort

Meine Freiheit deutet
meine Verantwortung
— in je um je erweiter-
ten Kreisen.

Mein allverbunden-es
Fühlen ist das aus
dem Grunde reichen-
de, von dem Ich aus-
ging und zurückkehre
— vereint, wieder um
wieder, einst geklär-
tem Lichten zu.

TatHand,   MutMund
und   zärtliche Geste
begleiten   den   Weg,
der Mich, der Dich, der
Uns und Alle meint, so
wir es vernehmen — in
je stärkerer Bindung
und Kraft.

Blau der Schmetterling

Dein Weg
  Offenheit

Dein Weg
  Berührbarkeit

bleibt.

Wir sitzen hier gemeinsam
am Tisch. Wir hören — hö-
ren wir? Wir schweigen —
schweigen wir?

Notwendiges Sagen — Not
-wendendes   Schweigen:
Geburtsstatt der Stille.

All-Geburtsort   inmitten
meines Leibes und Her-
zens, wo wir uns berühren
und sind.

D-ort haben die Hände sich
schutzlos   gewendet;   sie
bilden den Kelch, der Ich in
All-dem wieder um wieder
—bin.

Einheitlich

Alles
Eines

unzählige
Gesichter

Wege der Ablenkung
gegangen
    Nebelzeichen
    verwartet
        Ungründiges
        durchpflügt

Leere — Stille — Staunen

Du stehst
nackt
leer
und fromm

Die Kreuzzeichen
sind verschwunden.

Aus Mitten
schwingt
das Pendel

letzterer Wege —
aus.

Offen

Offen

dem Geläut

sonder* Zeit

Jetzt.

* Synonyme von sonder—- außer, exklusive, ohne

Gestern noch fiel das
letzte Blatt vom Baum.
Gestern noch saßen wir
lachend unter ihm und
aßen und tranken in hei-
terer Leichte.
Der Rechen zieht die ge-
fallenen Früchte zum
Stamm — ohne Zögern.
Im Maß meines Atems
gehe ich
     voraus
         davon
           voran
              dahin.

Und mein Lauschen ins
Offene bleibt.

AntWorten

Erheben

der

Mitte

Tat-

sächliche

Antwort

Als er abtat, was kindlich war und
ablegte, was fraulich war, und re-
signierte sein Männliches — .

Da war der Mensch, wie er wesent-
lich war — zugleich tief vereint
und offen und horizontartig blickend.

Hier erwuchs sein Eigen-Wille im
Verband pulsierenden Atems und
Herzens, so lieb-erfüllten Schau-
ens all-hier und dort …

… unablässig berührt und han-
delnd in überlassen-der Stille
Wirksamkeit.

Eingesiedelt

So
namen-
los
geöffnet ...

Termine, Absichten, Vollzüge erlö-
schen vor der Sorge um deinen
Grenzübergang — zwischen den
Hüllereien und All-den-nichtigen-
Sorgen den Weg der Transparenz
und des weiter-um-weiter Lichten
zu verlassen und stumm und wort-
los zu werden.

Dies heißt wieder um wieder
schöpferischer AufBruch des Ge-
läufigen — und wellengeworfen-
spieltotes Holz zugleich sein.

Die Morgendämmerung und all-
die-Bilder umkränzen schützend-
den Ort deiner geheiligten Liegen-
schaft, der Du treu und all-ein
bleibst.

Kehre-n

Alles

zum

Instrument

Klingen

Bringen

Im Park im Regen rotgelber Herbstblätter halbkreisförmig stehender Kastanien, da — beim alten Schloss auf der Höhe.
Da steht er, der doch nichts weiß und offen und staunend blickt. Unschlagbar offen. Da ist er mit seinem Besen und kehrt das Laub; wie im Wind des heiligen Geistes werden die Blätter von seinem Reisigbesen bewegt. Die zweite Natur. Der durchwirkt Seiende. Sein Körper, seine Kleidung, sein Besen, seine schwungerfüllte Bewegung — dienen allein dem Einen, im Duett des Windes, damitten und und darinnen. Und so einfach…!

Allbewegtheit

Wenn der

Wind

kommt

fliegt

die

Feder

Die Bereitschaft und Möglichkeit zur freien Wendbarkeit, aufgerufen durch das Werdende ist Not.

Am Anfang und Ende eines Dialoges zur Frage des Seins oder eines An-sich steht die unsagbare Dimension formgelöster Form und seiner großen Frage des Offenen, eines Niemand-weiß.

In solch` gelebter und ständiger Gewissheit löst sich die zur Erstarrung führende Projektion eines jeglichen Objekts; - und in seiner Zurücknahme gewinnt ein wechselndes Schwingen zwischen Nichts und Etwas schöpferisch und erfüllt zu werden.

Lichte Heiterkeit

Wohl-

wissend

im

Nichtgenug

Tanzende

Tänzer

sind

wir!

Rühmen wir nicht die Allmacht in gerechtem Sinn, wenn unsere Reden tastend, wenn unser Sagen pendelnd in der Linie der großen Suche verbleibt?

Ist die Schönheit der Morgenerkenntnis uns nicht Sicherheit und Gewissheit genug, um voran zu schreiten, in der Erfülltheit uns ein Wort geben zu können?

Großer Raum offener Antwort, der allein uns als Staunende, Hoffende und Liebende sucht; bedingt durch deine und meine je um je geöffnete Haltung.

Sie ist uns Wurzelstand, und gibt uns Möglichkeit steten Anfangs zugleich. Heiter Mitschöpfende — sind wir.

Sinn

Aufriss
der
Dunkelheit

Wendung
ins
Wirkliche

All-die Linien entlang.

All-die Kanten gezogen.

All-die Redundanzen

erfahren.

Du bist Kelch, Gefäß

und offen.

Du bist Horizont

fruchtbaren Einfalls;

Du bist Mensch,

leiblich verortet,

mit Wirrnis beschenkt

und Klärnis —

schließlich

    und

        jetzt

            und

                bald —

gesegnet.

Bleiben

Welkes
Blatt
fällt

im

lichten
Treiben

bunter
Herbst-
Blätter

Der Gegensatz von Angst
deutet auf Hingabe.

Der übergeordnete Bereich
eröffnet Vertrauen.

Und das Zagen

Und das Ängstigen

Und das Verengen

deutet auf

     Gedulden

          und Bleiben

               und Wandel.

Gewölbte Finsternis

Wo

verdichtet

Nacht

ist

Wie den Orten begegnen,
die in Dunkelheit ver-
harren? Wie Licht in ein
Dunkel tragen, das fremd
und alt gewachsen ist?

Hier — in deinem Inner-
sten — schlägt das Herz
aller Herzen in allüber-
steigender Frequenz und
Stärke.   Mit   ausge-
breiteten Armen öffne ich
es Dir in still-ganzer Be-
wahrung.

In solcher Haltung be-
gegnet mir unser Schick-
sal; wir beschreiten so-
gleich und unmittelbar
den Pfad des Heilsamen,
– durchlichten gewissen
Sinnes all-das-Dunkel.

Dein

Herz

schlägt

dir

den

Weg